Das Lachen und die Freude wiederentdecken

Anders Gustavson

Der Psalmist vergleicht einen Menschen, der an Gott glaubt, der nach seinen Geboten lebt, mit einem Baum, gepflanzt an Wasserbächen, der seine Frucht bringt zur rechten Zeit.

An Festtagen freuen wir uns sicherlich über Besuch, Geschenke und herzliche Worte. Andererseits gehen unsere Gedanken auch weit zurück, manchmal bis in unsere Kindheit. Wenn wir Zeit und Muße haben, dann sehen wir unseren Weg als Kind, als Jugendlicher, als Erwachsener und endlich als gereifter Mensch. Wir erinnern uns an Menschen, die uns ein Stück unseres Lebensweges begleitet haben. Einige wenige sind heute noch bei uns, andere sind von uns gegangen. Wir ziehen Bilanz, wir schauen uns die Früchte unseres Lebens an. Da stehen nebeneinander Freud und Leid, Glück und Not, Lachen und auch Weinen. Ein Festtag, ein Geburtstag oder gar ein Jubiläum, öffnet uns die Augen nicht nur für schöne Zeiten, sondern auch für die schweren Stunden unseres Lebens.

Was ist aus unseren Träumen, Wünschen und Hoffnungen geworden? Wie stehen wir heute da? Aufrecht oder ...?

Auch werden wir uns fragen, ob alles richtig war, was mit uns geschehen ist und was wir getan haben.

Vielleicht entdecken wir, wenn wir ehrlich zu uns sind, das Lachen und die Freude wieder. Wir stellen fest, daß wir zwar manches in unserem Leben falsch gemacht haben. Das ist leider nicht mehr oder äußerst selten zu ändern. Aber die Einsicht öffnet uns auch die Chance, wenigstens den Rest des Lebens anders zu gestalten. Martin Luther hat diesen Gedanken der Hoffnung und Zuversicht so ausgedrückt:

„Auch wenn ich wüßte, daß morgen die Welt zugrunde geht, würde ich heute noch einen Apfelbaum pflanzen und meine Schulden bezahlen."

Du hundertjähriger Baum
voller Zweige und Sprosse,
als seist du erst halbwüchsig,
ich sehe dich gern.
Lehr mich das Geheimnis,
so zu altern:
offen fürs Leben, für die Jugend,
für Träume,
wie einer, der weiß,
daß Jugend und Alter
nur Wegstrecken sind
zur Ewigkeit.

Helder Camara

Ein Baum hat Hoffnung

Stephan Krebs

Einem Baum ist ein dicker Ast, ja fast die Hälfte seiner Stärke genommen worden. Doch er gibt nicht auf. Rund um die Wunde reckt er eine große Zahl junger Triebe der Sonne entgegen. Sie beweisen seine ungebrochene Kraft. Trotzig und unbändig lebendig belebt er sich neu.
Mir imponiert sein unermüdlicher Wille zum Leben. So möchte auch ich mit Verlust und Trauer umgehen können. Ich erinnere mich an Zeiten, in denen mir etwas genommen wurde oder in denen ich etwas verloren habe. Über allem Bitteren ist mir gerade dann viel Kraft und Hoffnung zugeflossen. Gerade daran bin ich oft gewachsen.
So folge ich Hiob, der auf der Suche nach Hoffnung bei so einem Baum halt macht und sagt:

Ein Baum hat Hoffnung, auch wenn er abgehauen ist;
er kann wieder ausschlagen, und seine Schößlinge
bleiben nicht aus. Ob seine Wurzel in der Erde alt wird
und sein Stumpf im Boden erstirbt,
so grünt er doch wieder vom Geruch des Wassers
und treibt Zweige wie eine junge Pflanze.

Hiob 14,7-9

Ein Weiser mit Namen Choni
ging einmal über Land
und sah einen Mann,
der einen Johannisbrotbaum pflanzte.
Er blieb bei ihm stehen
und sah ihm zu und fragte:
„Wann wird das Bäumchen wohl Früchte tragen?"
Der Mann erwiderte: „In siebzig Jahren."
Da sprach der Weise: „Du Tor!
Denkst du, in siebzig Jahren noch zu leben
und die Früchte deiner Arbeit zu genießen?
Pflanze doch lieber einen Baum,
der früher Früchte trägt,
daß du dich ihrer erfreust in deinem Leben."
Der Mann aber hatte sein Werk vollendet
und sah freudig darauf, und er antwortete:
„Rabbi, als ich zur Welt kam,
da fand ich Johannisbrotbäume
und aß von ihnen, ohne daß ich sie gepflanzt hatte,
denn das hatten meine Väter getan.
Habe ich nun genossen,
wo ich nicht gearbeitet habe,
so will ich einen Baum pflanzen
für meine Kinder oder Enkel,
daß sie davon genießen."

Ein Jahr legt sich ums andere

Steven Häusinger

Dem Baum sieht man es von außen nicht an, wie lange er gelebt und was er erlebt hat. Erst wenn wir seine Jahresringe sehen, können wir über und von ihm sprechen. Die dürren Jahre und die wasserreichen, Zeiten des Darbens und Zeiten des Wachsens.

Auch in unserem menschlichen Leben legt sich ein Jahr ums andere herum. Jeder Jahresring bedeutet auch bei uns gelebtes Leben, unterschiedlich stark und intensiv. Es sind die Falten unseres Lebens, die sich innerlich und äußerlich zeigen.

Wie erzählte mir eine 86jährige Frau: „Wissen Sie, ich bin stolz auf meine Falten, und ich muß sie nicht verbergen. Sie zeigen schließlich die vielen Jahre und Erfahrungen, die ich gemacht habe!"

Jahresringe sind gelebtes Leben. Sie zeigen Wachstum an. Es ist viel geschehen, und es geschieht noch viel. Jahresringe zeigen Bewährung an. Denn im nachhinein erst können wir die Dinge bewerten.

Jahresringe können uns ein Sinnbild sein für Respekt vor uns selbst, unser gelebtes Leben anzunehmen und anzuerkennen. Und sie können uns dankbar machen für all diese gelebte Zeit – unser Leben!

Der Birnbaum

Theodor Fontane

Herr von Ribbeck auf Ribbeck im Havelland,
Ein Birnbaum in seinem Garten stand.
Und kam die goldene Herbsteszeit
Und die Birnen leuchteten weit und breit,
Da stopfte, wenn's Mittag vom Turme scholl,
Der von Ribbeck sich beide Taschen voll,
Und kam in Pantinen ein Junge daher,
So rief er: „Junge, wiste ne Beer?"
Und kam ein Mädel, so rief er: „Lütt Dirn,
Kumm man röwer, ick hebb ne Birn."

So ging es viel Jahre, bis lobesam
Der von Ribbeck auf Ribbeck zu sterben kam.
Er fühlte sein Ende, 's war Herbsteszeit,
Wieder lachten die Birnen weit und breit;
Da sagte von Ribbeck: „Ich scheide nun ab.
Legt mir eine Birne mit ins Grab!"
Und drei Tage drauf, aus dem Doppeldachhaus,
Trugen von Ribbeck sie hinaus.
Alle Bauern und Büdner mit Feiergesicht
Sangen „Jesus meine Zuversicht!"
Und die Kinder klagten, das Herze schwer:
„He is dod nu. Wer giwt uns nu ne Beer?"

8

An dieser Stelle stand einst
der durch das Gedicht
T. Fontane's berühmt gewordene,
segenspendende Birnbaum.
Am 20. Nov. 1911 brach ein Orkan
den alt gewordenen Baum ab.
An seiner Statt steht nun
dieser Birnbaum.

So klagten die Kinder. Das war nicht recht –
Ach, sie kannten den alten Ribbeck schlecht!
Der neue freilich, der knausert und spart,
Hält Park und Birnbaum strenge verwahrt.
Aber der alte, vorahnend schon
Und voll Mißtraun gegen den eigenen Sohn,
Der wußte genau, was damals er tat,
Als um eine Birn ins Grab er bat;
Und im dritten Jahr aus dem stillen Haus
Ein Birnbaumsprößling sproßt' heraus.

Und die Jahre gehen wohl auf und ab,
Längst wölbt sich ein Birnbaum über dem Grab,
Und in der goldenen Herbsteszeit
Leuchtet's wieder weit und breit,
Und kommt ein Jung übern Kirchhof her,
So flüstert's im Baume: „Wiste ne Beer?"
Und kommt ein Mädel, so flüstert's: „Lütt Dirn,
Kumm man röwer, ick gew di ne Birn!"

So spendet Segen noch immer die Hand
Des von Ribbeck auf Ribbeck im Havelland.

Wurzeln geben Halt

Eugen Haas

Auf solche Wurzeln ist Verlaß.
Diese Buche steht
wie in den Boden festgekrallt.
Weit reichen ihre Wurzeln in die Erde,
in ungezählten Verästelungen
nehmen sie Nahrung auf, geben sie Halt.
An dieser Buche rüttelt der Sturm vergeblich.

So fest möchte auch ich stehen,
Wurzeln möchte ich,
die mein Leben nähren und mir Halt geben.

Auch meine Wurzeln reichen unter die Oberfläche
meines Bewußtseins.
Ich erahne sie mehr, als daß ich sie weiß.
Die frühe Erfahrung, daß ich geliebt bin,
die verläßlich sorgende Mutter,
deren schenkende Liebe nie angezweifelt war,
gab sie mir die Wurzel eines tiefen Vertrauens?
Vertrauen auf Gott ist gewachsen
in den Tagen der Kindheit
und hielt durch manchen Sturm.

Gib Wurzeln mir,
die in die Erde reichen,
daß ich tief gründe in den alten Zeiten,
verwurzelt in dem Glauben meiner Väter.
Gib mir die Kraft,
zum festen Stamm zu wachsen,
daß aufrecht ich an meinem Platze steh
und wanke nicht, wenn die Stürme toben.

Gib, daß aus mir sich Äste frei erheben,
o meine Kinder,
Herr, laß sie erstarken und ihre Zweige
recken in den Himmel.
Gib Zukunft mir, und laß die Blätter grünen
und nach dem Winter
Hoffnung neu erblühn,
und wenn es Zeit ist, Herr,
laß mich Früchte tragen.

Herr, wie ein Baum,
so sei vor dir mein Leben.
Herr, wie ein Baum,
so sei vor dir mein Gebet.

Lothar Zenetti

Auch Menschen haben Wurzeln

Steven Häusinger

Wenn die Bäume Menschen sehen, haben sie Mitleid.
Sie glauben, daß der Wind uns davonträgt, weil wir keine
Wurzeln haben" (Helder Camara).
Aus der Sicht der Bäume mag es so erscheinen, daß wir
Menschen bedauernswert unstete Lebewesen sind. Immer
in Bewegung, ohne festen Standort. Es gibt viele Gründe,
weshalb wir unsere angestammte Heimat verlassen, um an
anderen Orten weiterzuleben. Nein, äußere Wurzeln halten
uns nicht fest.
Doch wie sehr zieht es uns zurück an die Orte alter Erin-
nerungen. Blättern Sie in Ihren alten Fotos. Ist das Eltern-
haus nicht Anlaß, die Kindheit vor dem inneren Auge er-
stehen zu lassen? Wenn man in seine frühere Heimat
zurückkehrt und noch einmal die alten Wege geht, kann
man manchmal alte Gerüche und Geräusche wiederemp-
finden, obwohl sich auch dort vieles verändert hat.
Wir Menschen tragen unsere Wurzeln in uns. Wir brauchen
sie, weil sich um uns so vieles verändert. Wir begeben uns
deshalb auf die Suche nach unseren Wurzeln und beginnen
zu fragen: Wo komme ich her? Wie ist mein Lebensweg
verlaufen? Welche Erfahrungen haben mich zu dem Menschen gemacht, der ich heute bin? Was ist gleich geblieben?
Welcher Glaube trägt mich? Welcher Gott begleitet mich?
Wo wir so zu fragen beginnen, graben sich unsere Wurzeln
tiefer. Wir lernen, wer wir sind und woher wir kommen.

Ab und zu einmal lächeln

Es war einmal ein kleines Lächeln, das machte sich auf den Weg, um zu sehen, ob es nicht jemanden fände, wo es wohnen könnte. Es traf ein kleines Augenzwinkern, das auch nicht viel größer war. Sofort fühlten sich die zwei zueinander hingezogen. Sie gaben sich die Hand und zogen gemeinsam weiter. Sie waren noch nicht sehr weit gegangen, da trafen sie zwei kleine Lachfältchen. Die fragten, wohin der Weg ginge, und gingen mit. Da kamen sie in einen großen Wald, und unter einem Baum sahen die vier Freunde eine alte Frau sitzen, die allein war und sehr traurig aussah.

Die vier verständigten sich kurz und guckten dann, ob die alte Frau noch Platz für sie hätte. Heimlich und lautlos versteckten sich die zwei Lachfältchen und das Augenzwinkern unter den Augen, und das Lächeln krabbelte in die Mundwinkel.

Da kitzelte es die alte Frau, sie stand auf und merkte plötzlich, daß sie nicht mehr so traurig war, und sie ging hinaus aus dem Wald auf eine große Wiese, wo es hell und warm war.

Dem ersten Menschen, den sie traf, schenkte sie befreit ein kleines, klitzekleines Lächeln, zwinkerte dabei mit den Augen, und die Lachfältchen fühlten sich richtig wohl.

Der es Tag und Nacht werden läßt,
Sommer und Winter
und alle Jahreszeiten,
der Gott aller Barmherzigkeit,
der möge dir Zeit schenken,
daß du Rast findest
unter seinem Schatten
und abends Ruhe einkehre in dein Herz,
er möge deinen Geist erneuern,
daß du nicht aufhörst,
dich zu wundern unter der Sonne
und nach ihm fragst,
daß du Wurzeln schlagen mögest
wie ein Baum,
der seine Zweige in den Himmel streckt,
daß die Saat, die du säst,
aufgehe und gut sei
und daß du an jedem Tag
ein Lächeln verschenkst,
an wen auch immer,
und du einfach seist,
seist, weil er dich geschaffen.

Friedemann Schäfer